Robert Schumann

Romanzen und Balladen für Chor

Heft 2

Anatiposi

Robert Schumann

Romanzen und Balladen für Chor
Heft 2

Unveränderter Nachdruck der Originalausgabe von 1850.

1. Auflage 2023 | ISBN: 978-3-38240-021-7

Anatiposi Verlag ist ein Imprint der Outlook Verlagsgesellschaft mbH.

Verlag: Outlook Verlag GmbH, Zeilweg 44, 60439 Frankfurt, Deutschland
Vertretungsberechtigt: E. Roepke, Zeilweg 44, 60439 Frankfurt, Deutschland
Druck: Books on Demand GmbH, In de Tarpen 42, 22848 Norderstedt, Deutschland

Romanzen
und
BALLADEN FÜR CHOR
von
ROBERT SCHUMANN.

Heft II.

6. **Schnitter Tod**, Altdeutsches Lied.
7. **Im Walde**, von J. von Eichendorff.
Op. 75. 8. **Der traurige Jäger**, v. J. von Eichendorff. Pr. 1 ⅔ Thlr
9. **Der Rekrut**, von R. Burns.
10. **Vom verwundeten Knaben**. Altdeutsch.

Partitur und Stimmen.

Eigenthum der Verleger.

LEIPZIG,
F. Whistling.

PARTITUR.

ROMANZEN UND BALLADEN FÜR CHOR.
Heft II.

SCHNITTER TOD.
(Altdeutsches Lied.)

R. Schumann Op. 75.

V.1. Es ist ein Schnitter der heisst Tod, hat Gewalt vom höchsten Gott, heut wetzt er das Messer, es schneid't schon viel besser, bald, bald wird er drein schneiden, wir müssen's nur leiden.

*) Der 5te Vers dieses Liedes kann ausgelassen werden.

Leipzig, bei F. Whistling.

PARTITUR.

hü-te dich, hü-te dich, schön's Blü-me-lein! V.2. Was heut noch grün und

frisch dasteht, wird morgen schon hin-weg gemäht: die ed-len Nar-cis-sen, die

Zierden der Wiesen, die schön Hi-a-zin-then, die tür-ki-schen

PARTITUR.

Bin... den, hü-te dich, hü-te dich, schön's Blü-me-lein!

V.3. Viel hun-dert-tau-send un-ge-zählt, was nur un-ter die Sichel fällt, ihr Ro-sen, ihr Lil-jen, euch wird er aus-til-gen, auch, auch

PARTITUR.

die Kaiser-Kronen wird er nicht ver-scho-nen, hü-te dich, hü-te dich,

schön's Blümelein! V. 4. Das himmel-farbe Ehrenpreiss, die Tu-li-pa-nen gelb und weiss, die sil-ber-nen Glocken, die gol-de-nen Flocken,

PARTITUR.

senkt, senkt al-les zur Er-den, was wird da-raus wer-den?

hü-te dich, hü-te dich, schön's Blü-me-lein! Trotz!

Lebhafter

Tod, komm her, ich fürcht' dich nicht! Trotz! eil' da-her in ei-nem Schritt!

PARTITUR.

Werd' ich nur ver-lef-zet, so werd' ich ver-set-zet in dem himm-li-schen Gar-ten, auf den al-le wir war-ten, freu' dich, freu' dich, du schön's Blü-me-lein! freu' dich, du schön's Blü-me-lein!

PARTITUR.
IM WALDE.
(J. v. Eichendorff)

PARTITUR.

blasse Braut, die blasse Braut, die Mutter sprach leise „nicht kla-gen!"

„klagen!" Fort schmettert das Horn durch die Schluchten laut, es war ein lu-sti-ges

Jagen, fort schmettert das Horn durch die Schluchten laut, es war ein lu-sti-ges

PARTITUR.

Nacht bedecket die Runde, nur von den Bergen noch

rauschet der Wald, und mich schauert im Herzensgrunde.

und mich schauert im Herzensgrunde!

PARTITUR.
DER TRAURIGE JÄGER.
(J. v. Eichendorff.)

16
PARTITUR.

1. hei bra-ver John-nie, stutz' auf dei-nen Bi-ber, juch-
2. hei bra-ver John-nie, stutz' auf dei-nen Bi-ber, juch-

1. hei bra-ver John-nie, stutz' auf dei-nen Bi-ber!
2. hei bra-ver John-nie, stutz' auf dei-nen Bi-ber!

V.3. Pfei-fen die Ku-geln dir um das Ge-sicht, so denk' an dein

PARTITUR.

Mädchen, und fürchte dich nicht! Und bringst auch 'nen Hieb mit auf der

Wan-ge quer ü-ber, juch-hei bra-ver Johnnie, ich hab' dich nur

lie-ber, juch-hei bra-ver John-nie, ich hab' dich nur lie-ber!

PARTITUR.
VOM VERWUNDETEN KNABEN.
(Altdeutsch.)

Nº 10. Langsam.

Es wollt' ein Mäd-chen früh auf-stehn, und in den

grünen Wald spa-zie-ren gehn, und als sie nun in den grünen Wald

kam, da fand sie einen ver-wun-de-ten Knab'n. Der Knab' der

PARTITUR.

war von Blut so roth, und als sie sich ver-wandt, war er schon todt...

Eine Solo-Alt-Stimme (Bei starkem Chor mehrfach zu besetzen.)

„Wo krieg' ich nun zwei Leid-fräu-lein, die mein fein's

„Wo krieg' ich nun zwei Leid-fräu-lein, die mein fein's

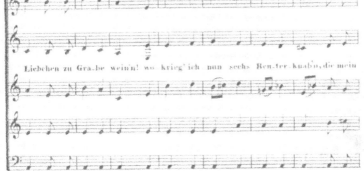

Liebchen zu Gra-be wein'n! wo krieg' ich nun sechs Reu-ter-knab'n, die mein

Liebchen zu Gra-be wein'n! wo krieg' ich nun sechs Reu-ter-knab'n, die mein